PEPÊ

Estelle Billon-Spagnol

Tradução: Sílvio Kligin

Oi TO

Oi
TO

Pepê

Tradução: Silvio Kligin

Revisão: Cláudia Cantarin

Arte: Typegraphic

Serviços editoriais: Rosa Santos

Produção gráfica: Lilia Góes

Dados Internacionais de Catalogação na Publicação (CIP)
(BENITEZ Catalogação Ass. Editorial, MS, Brasil)

S722p Spagnol-Billon, Estelle
1.ed. Pepê / Estelle Billon-Spagnol ; tradução de Silvio Kiglin. – 1.ed. – São Paulo : Casa Oito, 2021.

Título original : Mousse
ISBN : 978-65-994025-4-8

1. Emoções – Literatura infantil. 2. Sentimentos. I. Kiglin, Silvio. II. Título.

06-2021/56 CDD 028.5

Índice para catálogo sistemático:

1. Emoções : Literatura infantil 028.5

Bibliotecária responsável: Aline Graziele Benitez CRB-1/3129

1ª edição
1ª impressão
2021

casaoitoeditora.com.br
atalanteeditora.com.br

É uma bela manhã.
A manhã pela qual Pepê tanto esperava.

É a sua vez de buscar o
café da manhã...
SO-ZI-NHO!

Pepê olha à direita, à esquerda,
mais uma vez à direita, mais uma vez à esquerda,
uma última vez à direita e de novo à esquerda.

Como Pepê não está certo de estar certo,
ele recomeça. Olha à direita, à esquerda,
mais uma vez à direita, mais uma vez à esquerda,
e uma última vez, à direita e à esquerda.

Chegou a hora.
Pepê se joga na água!

Ele faz zigue-zague, experimenta
e comemora.

Logo depois, tudo devora.
É tão bom, que ele perde o rumo, água afora.

Sozinho, no escuro, Pepê treme de medo.
Ele não devia ter ido tão longe, nem comido tanto.

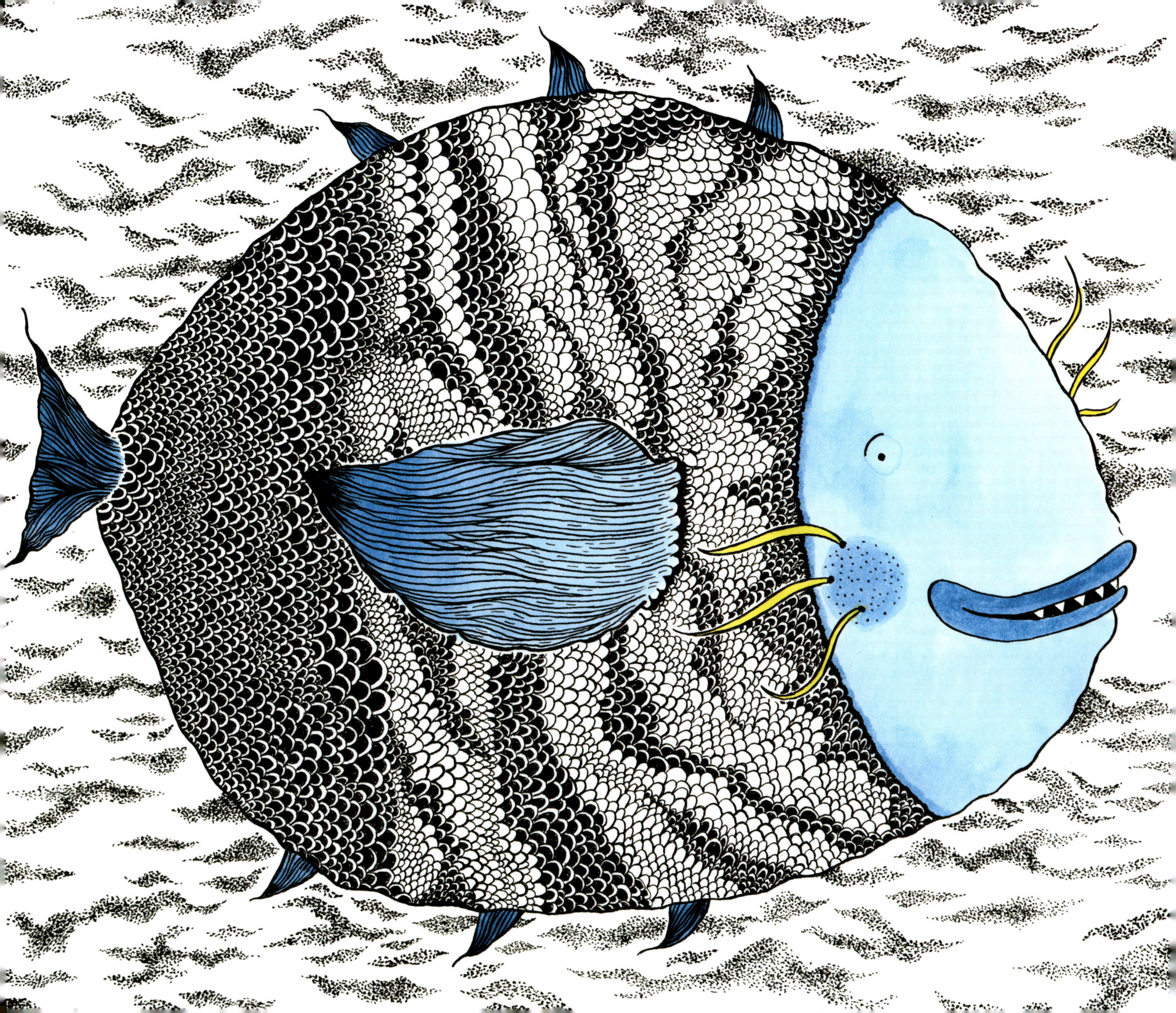

Felizmente,
esta manhã é uma manhã de sorte.
O Grande Peixe não estava com tanta fome.

Pepê vira à direita, à esquerda,
mais uma vez à direita, mais uma vez à esquerda.
Ele não sabe mais onde está!
Pânico! Perigo!

Pepê faz o melhor
para dar um jeito nessa confusão.

O caranguejo diz:
– Não faça nada! Será melhor!
Pepê pensa:
"Sou apenas um peixinho pequenino, e quanto desatino".

– Nós vamos jogar conchinhas.
Falta um jogador. Você quer vir?,
pergunta a Tartaruga.

Pepê não sabe jogar, mas não quer confessar.
Ele erra 50 vezes. Nem uma vez consegue acertar.
– Assim não é possível! Não é possível! **IMPOSSÍVEL**! –
dizem os outros muito nervosos.

Pepê fala sozinho:
– Um peixe pequenino.
Sou apenas um peixinho pequenino,
e quanto desatino...

Pepê pensa em sua família.
Ele não sabia que isso ia acontecer.
Ele não sabia que as coisas chegariam a esse ponto.
Ele não sabia...

– Psiu...

– Pepê, você comeu algas deliciosas, escapou
do Peixe Grande, fez zigue-zagues,
deu cambalhotas, completou o seu plano
e até descobriu o jogo de conchinhas!
Pepê, você viu o oceano.
SOZINHO!

Pepê arregala os olhos.
É verdade, que dia! Este foi um grande dia.

Nessa noite, Pepê pensa no Pepê.
Ele é o mesmo, mas está um pouco diferente.
Nessa noite, é Pepê quem conta
e reconta as aventuras do oceano
para todos os parentes!

Para todos os pequeninos Pepê,
que tanto exploraram, exploram, explorarão.